Doug l'aventurier chez les gorilles

D1127162

Une histoire écrite par
Marie-Nicole Marchand
et illustrée par
Paul Roux

*À la mémoire de Dian Fossey (1932-1985), qui a consacré sa vie
à l'observation et à la protection des gorilles de montagne*
Marie-Nicole

*À Charles Darwin, qui a grandement contribué
à faire évoluer les choses*
Paul

cheval
masqué

Catalogage avant publication de Bibliothèque et Archives nationales du Québec et Bibliothèque et Archives Canada

Marchand, Marie-Nicole, 1960-

Doug l'aventurier chez les gorilles

(Cheval masqué. Au trot)
Pour enfants de 6 à 10 ans.

ISBN 978-2-89579-432-5

I. Roux, Paul, 1959-   . II. Titre. III. Collection: Cheval masqué. Au trot.

PS8576.A633D68 2012   jC843'.54   C2011-942374-X
PS9576.A633D68 2012

Dépôt légal – Bibliothèque et Archives nationales du Québec, 2012
Bibliothèque et Archives Canada, 2012

Direction: Andrée-Anne Gratton
Révision: Sophie Sainte-Marie
Graphisme: Janou-Ève LeGuerrier

Nous reconnaissons l'aide financière du gouvernement du Canada
par l'entremise du Fonds du livre du Canada (FLC) pour des activités
de développement de notre entreprise.

**Conseil des Arts   Canada Council
du Canada   for the Arts**

Bayard Canada Livres inc. remercie le Conseil des Arts du Canada
du soutien accordé à son programme d'édition dans le cadre du Programme
des subventions globales aux éditeurs.

Cet ouvrage a été publié avec le soutien de la SODEC. Gouvernement du Québec –
Programme de crédit d'impôt pour l'édition de livres – Gestion SODEC.

Bayard Canada Livres
4475, rue Frontenac, Montréal (Québec) H2H 2S2
Téléphone: 514 844-2111 ou 1 866 844-2111
Télécopieur: 514 278-0072
edition@bayardcanada.com
bayardlivres.ca

Imprimé au Canada

CHAPITRE 1
À LA RECHERCHE DE GORILLES

Doug l'aventurier avançait péniblement dans la jungle, au cœur de l'Afrique. Il était à la recherche d'un gorille des montagnes. Sa capture rendrait Doug *trèèèès* riche.

Bien sûr, ce n'était pas tout à fait… légal, disons. Mais Doug l'aventurier était un braconnier.* Il ne connaissait pas de meilleure façon de gagner sa vie !

Doug commençait toutefois à douter des capacités de son guide, Mgala, à trouver un gorille. Mgala l'épuisait en le faisant grimper et descendre de montagne en vallée, du matin au soir…

* Chasseur qui n'a pas de permis.

Soudain, Mgala montra une ombre à travers le feuillage. Le cœur de Doug se mit à battre plus vite. L'aventurier leva lentement son fusil à fléchette anesthésiante*. Il ne remarqua pas l'homme qui le suivait, armé d'une massue de bois. Par contre, il sentit très bien le coup à l'arrière de sa tête, juste avant de perdre connaissance…

* Qui endort.

5

Quand Doug se réveilla, il était attaché à un arbre. Autour de lui, un groupe d'hommes, de femmes et d'enfants le regardaient sans sourire. Mgala était parmi eux. Le traître!

Un des hommes semblait être le chef. Il s'avança et il dit:

— Je m'appelle Saka. Mon peuple partage cette vallée avec les gorilles depuis très, très longtemps. Jamais je ne permettrai qu'on leur fasse du mal.

Doug riposta :

— Je ne leur veux aucun mal ! Je veux simplement en ramener un dans mon pays. Il y sera très bien traité, je vous le jure !

Saka répondit :

— Tu accepterais donc d'être traité de la même façon ?

Doug s'inquiéta :

— Que... Que voulez-vous dire ?

— Je parle de t'enfermer dans une cage. De te faire traverser la mer dans la cale d'un bateau, puis de te vendre comme esclave. Je suis certain que je pourrais obtenir un bon prix pour toi.

Doug était complètement paniqué.

— Mais, mais… Vous n'avez pas le droit d'agir ainsi! s'écria-t-il.

Le chef parut étonné:

— Ah non? Et pourquoi pas? C'est pourtant le sort que tu réservais à l'un de ces gorilles, sans aucun remords.

Doug se mit à trembler.

— Je vous en prie, libérez-moi. Je ferai tout ce que vous voudrez!

Saka leva la main. Une jeune femme s'approcha. Elle tenait un bébé gorille dans les bras.

Saka expliqua :

— Sa mère, ainsi que plusieurs autres gorilles, a été tuée par un des tiens. Notre peuple s'occupe donc de plusieurs orphelins. Tu devras nourrir celui-ci, le soigner et l'élever comme un véritable gorille.

Le prisonnier interrompit le chef :

— Mais comment est-ce que je pourrais prendre soin d'un bébé gorille ? Je ne saurais même pas veiller sur un bébé humain !

Saka continua sans prêter attention aux paroles de Doug :

— Tu devras aussi le réintégrer dans son groupe lorsqu'il sera assez âgé. Si tu tentes de fuir, nous te rattraperons. Si ce petit gorille meurt…

Saka ne termina pas sa phrase, et Doug pâlit.

— D'ac… d'accord, réussit-il à articuler. Je vais m'en occuper, c'est promis.

PAPA D'UN GORILLE

Mgala conduisit l'aventurier dans une hutte au centre du village. Il le quitta en disant :

— Ton gorille s'appelle Mtoto. Cela signifie « enfant », en swahili*.

* Une des langues parlées en Afrique.

— Ce n'est pas « mon » gorille, marmonna le nouveau papa.

Doug se laissa tomber sur un lit de feuillage, le bébé accroché à sa chemise.

— Enfin un peu de repos ! soupira-t-il.

Au même moment, il sentit un liquide chaud mouiller ses vêtements.

— Ah non ! Il a pissé sur moi !

Furieux, Doug essaya de repousser Mtoto, sans résultat. Le bébé s'agrippait à l'homme de toutes ses forces, en hurlant sans cesse. Ses cris attirèrent une des femmes du village, qui remit à Doug un biberon rempli de lait.

Maladroitement, Doug fit boire le gorille qui se calma enfin.

Mais le braconnier n'était pas au bout de ses peines…

Il lui fallait nourrir le petit monstre à tout moment. Et les couches qu'il avait fabriquées ne servaient pas à grand-chose… Pire, le bébé exigeait que Doug le porte sans arrêt. Dès que l'aventurier s'allongeait, Mtoto lui tirait les cheveux en gémissant. Doug le reprenait alors dans ses bras en marchant, marchant, marchant…

Après quelques jours, Doug était si fatigué qu'il avait l'impression de ne pas avoir dormi depuis une année.

L'aventurier avait une sérieuse envie d'abandonner le gorille, mais Mgala n'était jamais bien loin. Doug savait qu'il n'avait aucune chance de s'enfuir. Et puis sa propre survie dépendait de celle de Mtoto. Alors Doug continuait de le nourrir, de le laver, de le promener…

Peu à peu, pourtant, l'aventurier s'habitua à son gorille. D'ailleurs, il était plutôt mignon avec ses grands yeux sombres et ses quelques poils sur le front. Avec le temps, leur vie commune s'améliora.

Mgala visitait Doug régulièrement. Un matin, il annonça :

— Tu pourras bientôt l'emmener dans la jungle.

— Dans la jungle ! Avec lui ! Tu es fou ! s'exclama Doug.

Mgala expliqua :

— Il faudra bien qu'il retrouve son clan un jour. Comment t'y prendras-tu ?

Doug bredouilla :

— Je… je… à vrai dire, je n'y avais pas encore réfléchi.

UN CLAN POUR MTOTO

Doug réalisa que Mgala avait raison. Il commença donc à explorer la jungle avoisinante. Rapidement, il découvrit un groupe d'une douzaine de gorilles. Doug les observa avec ses jumelles, en décrivant à Mtoto ce qu'il voyait.

— Il y a un gorille au dos argenté. C'est sûrement le chef. Il est vraiment gros! Je ne suis pas certain que ce soit une bonne idée de t'emmener jusqu'à lui. D'un autre côté...

Doug se dit que s'il voulait un jour être débarrassé de son gorille, il lui fallait bien trouver un moyen de l'intégrer dans un groupe. Il se leva lentement.

— Viens, Mtoto.

Ils s'approchèrent des gorilles, un peu plus, encore un peu plus. Puis… un peu trop près.

Le grand mâle fonça sur eux en hurlant! Il montrait les dents. Il se frappait la poitrine. Il brisait des branches d'arbres. Tout cela démontrait une force impressionnante! Doug, accroupi, n'osait pas bouger. Mtoto serrait si fort son papa adoptif qu'il l'étouffait presque.

Les cris plaintifs du bébé gorille attirèrent une des femelles. Elle s'avança
pour renifler, puis toucher Doug et
Mtoto. Le grand mâle se calma et il
fit la même chose. Puis, voyant que
ces deux trouillards* étaient inoffen-
sifs, il leur tourna le dos.

C'est ainsi que Doug et Mtoto
devinrent des membres
de ce groupe.

* Peureux.

Chapitre 5

COMMENT DEVENIR UN GORILLE

Doug et Mtoto quittaient le village très tôt chaque matin. Ils passaient la journée avec les gorilles. Doug incitait son jeune protégé à imiter ses semblables dans toutes leurs activités.

— Regarde bien, Mtoto, c'est comme ça qu'il faut faire.

Doug essayait aussi de reproduire le langage des gorilles. Cela donnait de drôles de résultats :

— Humrr, grumhh, fruufm !

Mtoto le regardait avec étonnement. Par chance, il comprit plus vite que Doug les gestes et les sons des autres gorilles. Encore mieux, une vieille femelle semblait avoir adopté Mtoto. Avec elle, le jeune apprit à choisir les feuilles, les fruits et les racines pour se nourrir.

Doug le félicitait :

— C'est bien! Il ne faudra pas t'em-
poisonner quand je ne serai plus là
pour prendre soin de toi!

En réalité, Doug avait l'impression
que ce moment n'arriverait jamais. Il
se voyait condamné à vivre dans ce
groupe de gorilles jusqu'à la fin de ses
jours. Bizarrement, cela ne lui parais-
sait pas si désagréable…

Pour la première fois de sa vie, Doug l'aventurier observait des animaux sans vouloir les capturer. Le soir, il racontait sa journée à Mgala :

— Ces gorilles sont fascinants ! Et ils sont très différents des bêtes féroces que je m'imaginais...

Mgala l'écoutait en souriant.

Dans la jungle, Mtoto se mêlait aux autres jeunes gorilles pour des jeux de poursuite. Doug essayait de le suivre, mais il n'était pas assez agile.

— Mtoto, ne grimpe pas si haut, voyons !

Mtoto ne l'écoutait pas. Il tentait d'imiter des gorilles adolescents, plus habiles que lui à sauter d'arbre en arbre.

Crrraaac!

La branche sur laquelle se trouvait Mtoto venait de casser. Doug, impuissant, vit tomber le jeune gorille au sol et y rester immobile. Il se précipita vers lui :

— Mtoto ! Est-ce que ça va ?

Chapitre

6

UNE TÊTE DURE

Doug posa la tête sur la poitrine de
Mtoto. Son cœur battait ! Mtoto était
vivant, mais inconscient. Doug examina
le gorille, à la recherche d'une blessure.
Il ne vit pas de sang ni d'os brisé.

— Mtoto, je t'en prie, ouvre les yeux!
Tu ne peux pas mourir maintenant!

Tout à coup, le jeune gorille cligna
ses paupières. En gémissant, il se
toucha l'arrière de la tête. Doug
poussa un soupir de soulagement.

— J'ai toujours su que tu avais la
tête dure!

Mtoto se blottit dans les bras de
Doug, qui le berça en fredonnant une
chanson. Après quelques minutes, le
gorille se remit à jouer avec les autres
bêtes.

Doug réalisa alors qu'il n'avait pas
pensé un seul instant aux menaces du
chef Saka. Si Mtoto était mort, que

serait-il arrivé à l'aventurier ? Doug s'en fichait. Seul le bien-être de Mtoto avait maintenant de l'importance.

À la fin de chaque journée, tous les gorilles suivaient le mâle au dos argenté vers le territoire de nuit. Mtoto, lui, s'empressait de courir vers Doug. Ensemble, ils regagnaient le village pour y dormir.

Doug voyait pourtant venir le moment où le gorille se débrouillerait sans lui.

— Ce sera un bon débarras! répétait l'aventurier à Mgala.

Étrangement, il se sentait triste en pensant à sa future délivrance. Jamais, cependant, il n'aurait osé l'avouer.

Arriva un soir où, alors que le groupe s'éloignait, Mtoto hésita. Il regarda Doug, puis il s'élança à la suite des autres bêtes. L'aventurier faillit l'appeler, lui faire signe de revenir. Mais Doug avait déjà compris que Mtoto vivrait désormais sa vie de gorille. Du moins, tant que les hommes n'essaieraient pas de le capturer !

À cette pensée, Doug serra les poings :

— Si un braconnier tente de l'attraper, je l'assomme et je l'amène au chef Saka !

Jamais il n'aurait cru dire cela un jour. Lui, Doug l'aventurier, un défenseur des animaux ? Quel changement !

Doug reprit le chemin du village. Il était bien content d'être seul. Ainsi, personne ne pouvait voir ses larmes…

Chapitre
7

UNE NOUVELLE VIE

Doug annonça à Saka que sa mission était terminée. Repensant à la chute de Mtoto, l'aventurier demanda :

— Chef Saka, est-ce que vous m'auriez vraiment vendu ou tué si mon gorille n'avait pas survécu ?

Saka répondit en souriant :

— Bien sûr que non ! Mais cette menace était un bon moyen pour te convaincre d'accepter. À présent, que veux-tu faire ?

Le nouveau rêve de Doug était la création d'une réserve naturelle, où les gorilles vivraient en sécurité. Tous les moyens seraient bons pour convaincre les gens d'aider cette cause. Mais il lui fallait d'abord rentrer dans son pays. Mgala le raccompagna jusqu'au port.

Juste avant de monter sur le bateau, Doug vit un homme qui surveillait le débarquement d'une grande cage. L'aventurier s'approcha :

— Bonjour, puis-je savoir à quoi servira cette cage ?

L'homme expliqua :

— Je pars à la recherche d'un gorille des montagnes. Il paraît qu'il en reste quelques-uns dans cette région, et je connais des acheteurs intéressés. Pourriez-vous me dire où trouver un guide ?

Doug présenta Mgala au nouveau venu :

— Voici justement le meilleur guide du pays. Il vous conduira auprès des gorilles. Je vous le garantis !

L'homme le remercia :

— Heureusement que je vous ai rencontré ! Mes bagages sont prêts. Le guide et moi allons partir tout de suite !

Doug imaginait déjà la réaction de ce chasseur lorsqu'il se retrouverait face au chef Saka. Ou lorsqu'on lui mettrait un gorille orphelin dans les bras…

— Bonne chance ! cria Doug au braconnier qui s'éloignait avec Mgala.

Puis l'aventurier monta à bord du

navire, en route vers la plus grande aventure du reste de sa vie.

FIN

Voici les livres AU TROT de la collection:

☐ **Aïe! Une abeille!**
d'Alain M. Bergeron et Paul Roux

☑ **Doug l'aventurier chez les gorilles**
de Marie-Nicole Marchand et Paul Roux

☐ **Gros ogres et petits poux**
de Nadine Poirier et Philippe Germain

☐ **La plus belle robe du royaume**
d'Andrée Poulin et Gabrielle Grimard

☐ **La queue de l'espionne**
de Danielle Simard et Jessica Lindsay

☐ **Le cadeau oublié**
☐ **Le choix du père Noël**
☐ **L'ordi du père Noël**
d'Angèle Delaunois et Claude Thivierge

☐ **Le secret des diamants**
de Katia Canciani et Geneviève Côté

☐ **Les ogres du printemps**
de Louise-Michelle Sauriol et Leanne Franson

☐ **Lustucru au pays des vampires**
☐ **Lustucru et le grand loup bleu**
de Ben et Sampar

☐ **Mimi Poutine et le dragon des mers**
☐ **Mimi Poutine et les crayons disparus**
de Geneviève Lemieux et Jean Morin

☐ **Mon pire problème**
de Danielle Simard et Sampar

☐ **Parti vert chez les grenouilles**
de Marie-Nicole Marchand et Josée Masse

☐ **Pépito, le roi des menteurs**
de Caroline Merola

☐ **Po-Paul et la pizza toute garnie**
☐ **Po-Paul et le contrôleur de chiens**
☐ **Po-Paul et le nid-de-poule**
☐ **Po-Paul et Ratatouille**
de Carole Jean Tremblay et Frédéric Normandin

☐ **Un pirate à l'école**
d'Émilie Rivard et Christine Battuz

Lesquels as-tu lus? ☑